Título original: Wat niemand had verwacht, 2009
© 2009 by Marit Törnqvist, Amsterdam, Em. Querido's Uitgeverij B.V.
© De esta edición: Los cuatro azules, S.L., 2010
www.loscuatroazules.com
© De la traducción: Goedele De Sterck, 2010

Primera edición: abril 2010

ISBN: 978-84-937295-3-0
Depósito Legal: M-18821-2010

Esta obra ha sido publicada con el apoyo financiero de Dutch Foundation
of Literature (www.nlpvf.nl) y de Mondriaan Foundation
(www.mondriaanfoundation.nl)

Diseño y maquetación: Cristina Vergara Diseño Gráfico
www.cristinavergara.com
Impreso por CIRSA. María Tubau 5, 28050 Madrid
Impreso en España – Printed in Spain

Marit Törnqvist

Algo con lo que nadie había contado

cuatro
azules

Todos llevaban prisa y se dirigían a alguna parte.
Con paso firme, solos o en compañía.
Tenían muchos planes, y mil cosas que hacer.

Hablaban por teléfono y miraban el reloj.
No se paraban nunca.

Sin embargo, un buen día sucedió algo
que los obligó a detenerse.
Algo con lo que nadie había contado.

Una niña iba corriendo delante de todos los demás.

Y llegó la primera a un precipicio.
Lo vio tarde y se cayó.

Hasta abajo del todo,
donde aterrizó con un golpe.

Estuvo un buen rato sin moverse.
El cuerpo le dolía y se había llevado un buen susto,
pero no estaba muerta.

Se incorporó despacio y alzó la mirada.
Había ido a parar a un pozo oscuro. Y frío.
¿Dónde estaban los demás?
¿Por qué nadie la había avisado?

Arriba todos se habían detenido.
¡Ante sus pies se abría un agujero y ese agujero
se había tragado a una niña!
¡Una niña normal y corriente!
Podría haber sido la hija o la amiga de cualquiera de ellos.

Examinaron el lugar por donde había desaparecido.

Se aproximaron al borde y se inclinaron hasta acertar a ver el fondo.
Allí estaba la niña. Seguía viva.

Decidieron ayudarla.
¡Sí, la ayudarían como si fuese su propia hija o una buena amiga!
Con una escalera larga a lo mejor conseguían rescatarla.

Trajeron escaleras y más escaleras,
pero ninguna de ellas llegaba hasta abajo.
Era una lástima.

Al final, llenos de tristeza, todos regresaron a sus hogares.
La niña quizá pensaría que la habían abandonado a su suerte.

Una vez en casa, decidieron escribirle una carta.
Tras reflexionar un instante, con el bolígrafo entre los dientes,
todos y cada uno le escribieron la carta más tierna
y más sentida que jamás habían escrito.

Aquella noche nevó en el pozo.
Cartas cargadas de palabras cariñosas y buenos consejos.
¡La niña no debería creer que se habían olvidado de ella!

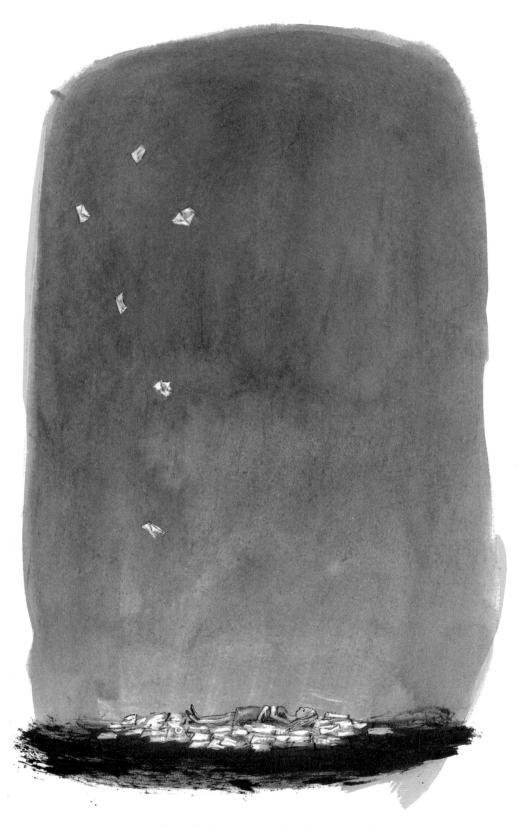

Al día siguiente continuó nevando.
Al siguiente, también. Y al otro.
La niña leyó las cartas y fue haciéndose una cama con ellas.

Al cabo de un tiempo, la gente comenzó a dudar.
¿Tenía sentido escribir más palabras cariñosas?
¿Ponía la niña en práctica sus buenos consejos?
Tal vez no podría ser rescatada.
En ese caso sería mejor dejarlo y ocuparse de otras cosas.
Había tanto que hacer.

Algunos pasaban la noche en vela,
pensando en la niña, y en el frío y la soledad.
Unos a otros empezaron a llamarse por teléfono.
Hablar les servía de consuelo.

Apenas unos pocos seguían cuidando de la niña.
Dejaban caer un trozo de pan o una manzana.
Y un grueso jersey que le venía de maravilla.

Muy de vez en cuando alguien tocaba el violín para ella.
Así la niña sobrevivía en el fondo del pozo.

Era mediodía.
Por la puerta de un edificio alto salía un niño pequeño.
Llevaba un balón nuevo.
Iba a jugar al parque, él solo.
Su madre tenía que trabajar esa tarde.
Había mucho que hacer.

–¡Ten cuidado! –gritó mientras seguía a su hijo con la mirada.
Por supuesto. ¡Cómo no iba a tener cuidado con ese nuevo balón!

El niño lo lanzó hacia arriba, muy alto.
Casi hasta tocar las nubes.
Era el mejor balón que había tenido nunca.

Luego le dio una patada con toda la fuerza de la que era capaz.
Lo mandó tan lejos que lo perdió de vista.
Después corrió en busca del balón desaparecido.

De pronto algo llamó su atención.
En medio de la hierba había un gran agujero negro.
Un agujero que se había tragado el balón.
¿Por qué su madre no lo había avisado?

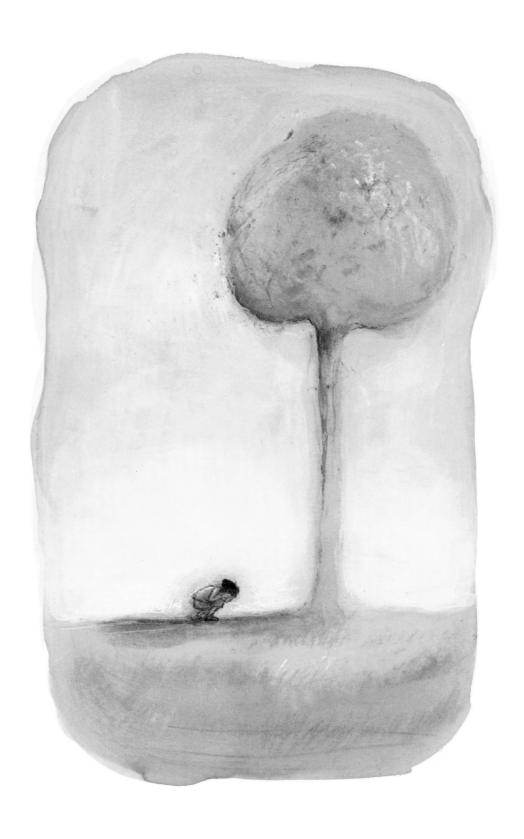

El niño se sentó bajo el árbol más cercano
y se tapó los ojos con ambas manos.
¡Qué triste estaba!

Su madre le había dicho que tuviera cuidado.
Pero, ¿cómo podía tener cuidado sin saber a qué se refería?

De repente, el niño se sobresaltó.
Notó un golpe en la espalda.
No podía creerlo.
¡Era su balón!

Caminó lentamente hasta el borde del agujero.
Se inclinó y miró hacia abajo.
Vio cómo algo se movía en la oscura profundidad.
Era una niña.
Levantó los brazos hacia él.

Sin dudarlo, el niño le lanzó el balón.
Y ella lo arrojó hacia arriba.
Tan alto que él logró atraparlo. El niño lo lanzó de nuevo
y la niña se lo devolvió. Una y otra vez.

Era un juego divertido.
Jugaron hasta que la niña no pudo más.
Se quedó quieta con el balón en los brazos y no volvió a soltarlo.

Ya era de noche cuando el niño regresó a casa.
Su madre acababa de volver del trabajo.
–¿Dónde está el balón?– le preguntó.

A la mañana siguiente, la madre no quiso
que el niño se fuera al parque.
Estaba asustada.
Jamás había oído hablar del agujero negro.

Se llevaría a su hijo al trabajo.
Confeccionaba ropa.

Pantalones y bufandas, guantes y vestidos, jerséis y chaquetas.
El niño bien podría echarle una mano.
Había mucho que hacer.

Era demasiado pequeño para coser y tejer,
pero sabía desenredar los hilos y enrollar las telas.
Y hacer ovillos de lana tampoco era tan difícil.

Mientras tanto la niña seguía en el pozo.
Arriba la gente estaba muy ocupada.
Todos tenían tantas obligaciones que se habían olvidado de ella.
Así de claro.

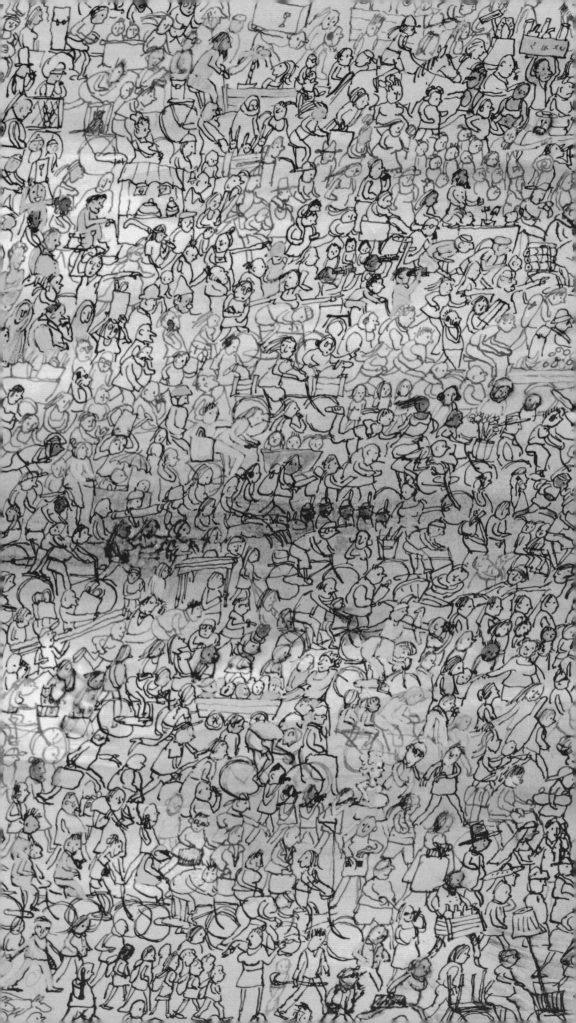

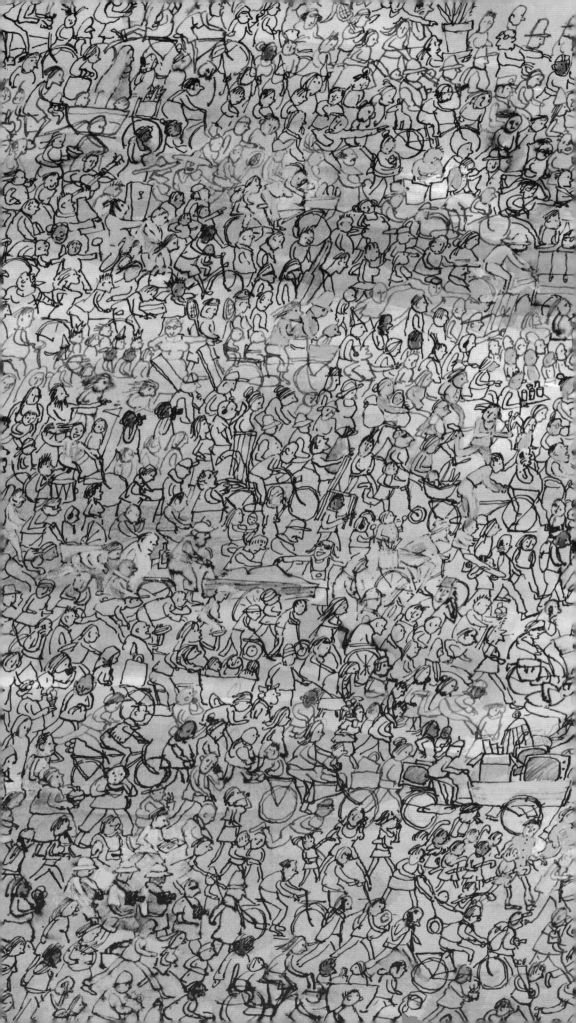

Por suerte había una persona que se acordaba de atenderla.
Así ella podía sobrevivir allí abajo, día tras día.

Una mañana temprano, la niña se despertó con un sobresalto.
Algo le hacía cosquillas en la cara.
Era un hilo amarillo.
Muy por encima de ella, en el borde del pozo, estaba el niño pequeño.
Sostenía un ovillo de lana.
La saludó con la mano y ella le devolvió el saludo con timidez.

Al día siguiente, a una hora todavía más temprana, cayó otro hilo.
De color verde.
Como la hierba de la superficie.

Del hilo pendía un cubo.
La niña lo desató y se sentó sobre él.
Estiró las piernas, rígidas por la falta de movimiento.

Para alegría de la niña, cada mañana el niño dejaba caer
un nuevo hilo al fondo del pozo.

Hasta que el niño se enfadó.
¡Echaba de menos su balón!
Al día siguiente se descolgaría por los hilos para recuperarlo.

Justo ese día se había terminado de coser toda la ropa.
A los jerséis no les faltaba ni un solo detalle.
Ya no quedaban más telas. Ni más lana.
Reinaba un extraño silencio.
El niño había sido una gran ayuda.
Su madre se lo agradeció con un regalo.
Un nuevo balón.

Eso lo cambió todo.
Al niño se le pasó el enfado,
porque él también tenía un balón.

Había llegado el momento de comprar lana nueva y telas nuevas.
Y el niño podía volver al parque.
Con tal de que tuviera cuidado.

Era ya por la tarde.
El niño bajó corriendo las escaleras del alto edificio
y salió por la puerta,
camino al parque, con el nuevo balón bajo el brazo.
Nada más llegar se llevó una sorpresa.
Junto al árbol había una niña.
Delgada y pálida.

Escondía algo tras la espalda y le miraba.
Cuando se encontró frente a ella, la niña le devolvió el balón.
Después se marchó.

De pronto el niño tenía dos balones.
Pensativo, dio media vuelta y se fue para casa.
Con sus dos balones.

Su madre aún no había vuelto.
Y al niño se le había olvidado ponerse a jugar.

Como nadie la esperaba, la niña partió en busca de la gente.
Quería avisar a todos del peligro de los pozos.
Contarles cómo había trepado con sus propias fuerzas
hasta alcanzar la salida del agujero negro.
Quería hablarles del niño, del balón y de los hilos
que le salvaron la vida.
Y del hombre que había cuidado de ella.

Pero sobre todo quería expresar su felicidad por la intensa luz
que brillaba fuera del pozo.

Sin embargo, nadie la escuchaba,
porque todos tenían prisa.
Y por mucho que caminara a contracorriente
y mirara a la gente a los ojos,
nadie la reconoció.

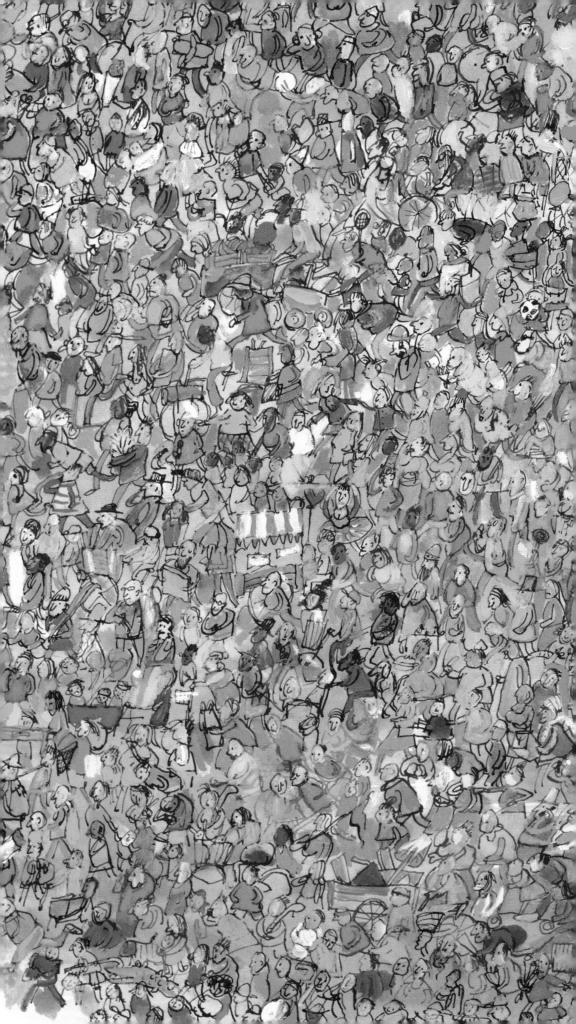

Al poco tiempo, alguien se detuvo al borde del pozo.
Era el hombre que había cuidado de la niña.
Traía pan y manzanas.
Comprobó que abajo, en el fondo, sólo había cartas.
Luego descubrió los hilos en el árbol.

Con eso no había contado.
Regresó a su hogar, lleno de tristeza.

De camino a casa, el hombre se encontró con mucha gente.
Preguntó a todos,
pero nadie conocía a ninguna niña que hubiera trepado
hasta alcanzar la salida de un pozo.
Eso sí, acababan de cruzarse con una niña
que caminaba a contracorriente.
No podía estar muy lejos.

Apresuradamente, el hombre se abrió paso por entre la multitud.
La buscaría hasta encontrarla.

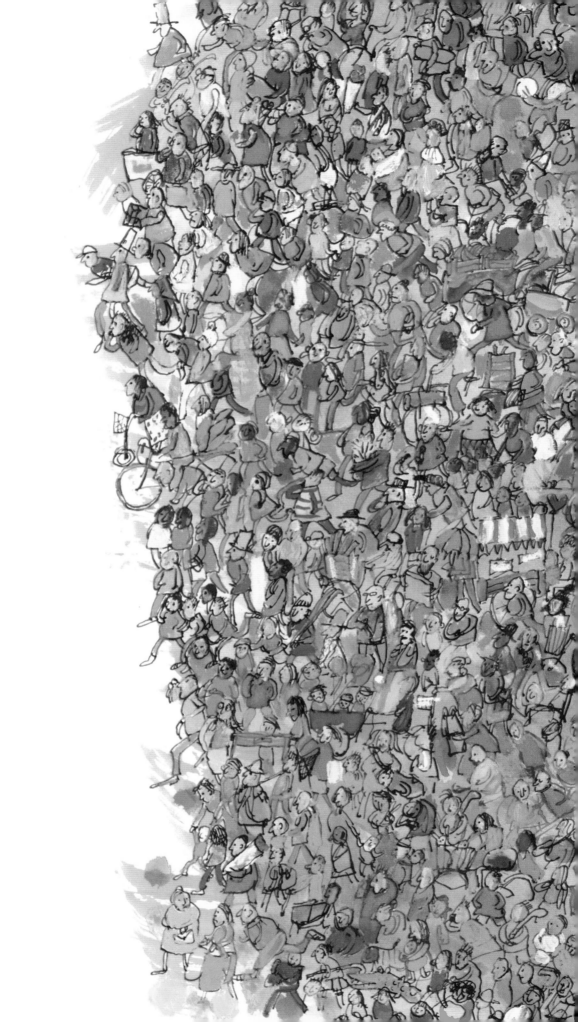

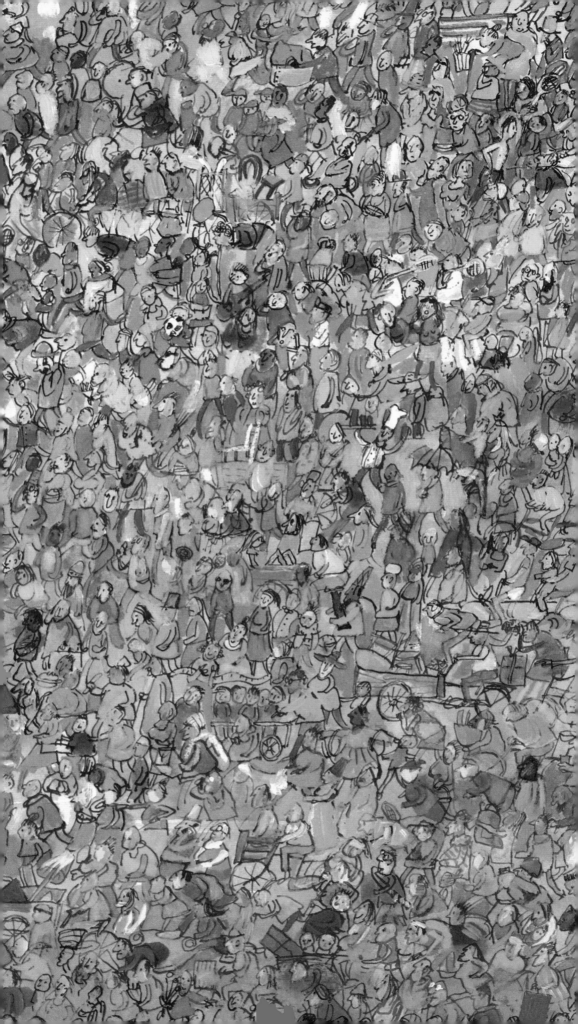